La légende de Bouloche,

le petit lapin tantôt rose tantôt blanc

A Bouloche,
Mon premier lapin angora français

Sais-tu qu'il y a très très longtemps, les lapins étaient tout roses ?
Tu ne me crois pas ?
Ecoute l'histoire de Bouloche, le petit lapin qui était aussi nu qu'un petit ver...

Il était une fois un petit lapin sans poils, tout nu et tout rose, qui s'appelait Bouloche...

Sa peau était rose.

Sa queue était rose.

Il avait un petit nez rose qu'il remuait *comme ça...*

Et de grandes oreilles qu'il remuait *comme ça...*

Et il était très heureux *comme ça.*

Bref, il voyait la vie en rose.

Jusqu'au jour où...

L'hiver arriva...

La neige tomba...

Tous les animaux aimaient ça !
Ils partageaient leur temps entre luges et bonhommes de neige...
Les pingouins s'en donnaient à cœur joie et dévalaient les pentes enneigées...

Mais qui voit-on là ?

C'est Bouloche, notre petit lapin rose !
Il est tout nu… et il a froid, très froid… *il tremble de froid…*

Chaque hiver, il grelotte dans un coin au lieu d'aller jouer avec ses amis et il se sent seul, bien seul.

Mais maintenant, Bouloche en a assez !

Bien décidé à ne plus s'ennuyer quand il est gelé, il réunit quelques carottes dans son balluchon et décide de partir à l'aventure !
Enfin, pour dire la vérité, il veut plutôt partir...

chercher un abri pour ne plus avoir froid !

Bouloche se met en route...

En parcourant son chemin, Bouloche arrive près d'une mare où il aperçoit une grenouille :

- Tiens, tiens, petit lapin rose, que fais-tu là ? lui demande madame grenouille.
- Je suis tout nu et j'ai froid. Et toi ? Tu n'as qu'une peau gluante sur le dos, n'as-tu pas froid comme moi ?
- Pour tout te dire… Eh bien, si ! Mais quand il fait trop froid, je m'enterre dans la vase au fond de la mare.
- Beurk ! C'est dégoûtant ! dit Bouloche en s'en allant.

N'ayant pas trouvé de réel réconfort auprès de madame grenouille, il s'apprête à continuer son chemin lorsque tout à coup…

14

15

il aperçoit de légères bulles qui semblent remonter du fond de la mare.
Notre petit lapin rose, intrigué, s'approche et fait ainsi la connaissance de monsieur poisson :

- Tiens, tiens, petit lapin rose, que fais-tu là ? lui demande monsieur poisson.
- Je suis tout nu et j'ai froid. Et toi ? Tu n'as que quelques écailles pour tenir chaud à tes arêtes, n'as-tu pas froid comme moi ?
- Pour tout te dire... Eh bien, si ! Mais quand il fait trop froid, je m'enfouis au fond de l'eau et je ne bouge plus.
- Ah ! dit Bouloche, toi non plus tu ne peux pas jouer avec tes amis... Dommage...

Notre petit lapin rose est bien déçu mais avant de reprendre son chemin, il voit au loin...

un canard ! Avec son épais plumage, il semble bien à l'aise sur l'eau. Bouloche l'appelle aussitôt :

- Canard, canard…
- Tiens, tiens, petit lapin rose, que fais-tu là ? lui demande monsieur canard.
- Je suis tout nu et j'ai froid. Et toi ? Avec tes grosses plumes, tu ne m'as pas l'air d'avoir aussi froid que moi.
- Pour tout te dire… Je ne me plains pas, mais j'ai tout de même les pattes gelées ! Pourquoi me demandes-tu ça ?
- Eh bien, chaque hiver, j'ai froid - tellement froid - que je ne peux pas jouer avec mes amis et j'en suis bien triste.
- Approche… dit monsieur canard, je vais te confier un **secret**…

- Tu vois là bas, tout au loin... au bout du chemin... il y a un troupeau d'animaux... à quatre pattes, un peu comme toi.
Ils ont l'air de bien s'amuser ensemble et ne semblent pas du tout souffrir du froid.

Et monsieur canard ajoute en chuchotant :

- On dit d'eux qu'ils ont une épaisse toison... mais je ne sais pas bien ce que cela veut dire.

Bouloche, intrigué par cette nouvelle, remercie gentiment monsieur canard et se hâte de reprendre son chemin.
- Quels peuvent bien être ces animaux dont parle monsieur canard, des vaches ? des chèvres ? des... ?

des moutons !!!

- Tiens, tiens, petit lapin rose, que fais-tu là ? lui demande monsieur mouton.
- Je suis tout nu et j'ai froid. Mais vous tous là, vous avez l'air bien couverts, comment faites-vous pour avoir si chaud ?
- Pour tout te dire… Eh bien… Tu vois cette maisonnette, là-bas ?
- Oui.
- Tu y trouveras sûrement ce que tu cherches…

Et c'est sur ces quelques mots bien énigmatiques que monsieur mouton retourne voir les siens.

Bouloche, très curieux, rejoint la maisonnette indiquée par monsieur mouton, pousse la porte et entre.

Et qui est assise là, bien au chaud au coin du feu ?

Une vieille grand-mère !
Elle est en train de tricoter, assise près de la cheminée.

- Pauvre petit lapin rose, tu es tout nu ! dit avec compassion grand-mère Agnès dès qu'elle aperçoit le lapin. Viens-là, que je te tricote un petit manteau !

C'était donc ça, le secret pour avoir chaud!

Il faut dire que grand-mère Agnès tricote fort bien et ça, monsieur mouton le savait déjà !

C'est même lui qui lui fournit toute la laine, mais ça... Chut ! C'est encore un autre secret !

Comme promis, grand-mère Agnès tricote, tricote et tricote encore…
Tant et si bien qu'elle finit par faire un joli manteau, qu'elle offre de bon cœur à Bouloche.
Voilà Bouloche tout de blanc vêtu, habillé d'un manteau bien chaud.

C'est comme ça que, finalement, notre petit lapin rose est devenu un petit lapin blanc !

Sa toison est maintenant chaude et douce, si chaude et si douce…
Bouloche se sent bien mieux et n'aura plus jamais froid…
Il peut enfin retrouver ses amis et faire de longues batailles de boules de neige avec eux.

Et pour ne jamais oublier le beau cadeau que lui a fait grand-mère Agnès et qui a changé sa vie, notre petit blanc décide de redevenir, parfois rose.
Tous les trois mois, il lui donne sa belle toison blanche, pour qu'elle puisse en faire de la laine, afin d'habiller tous ceux qui ont froid.

Bouloche est désormais ce qu'on appelle un « lapin angora français ».
Il est tantôt rose et nu comme un ver, tantôt blanc et bien au chaud.

Mais il est toujours rempli de la chaleur d'avoir pu donner un peu de soi aux autres…

Fin

As-tu trouvé le petit ver tout rose qui se cache à chaque page ?

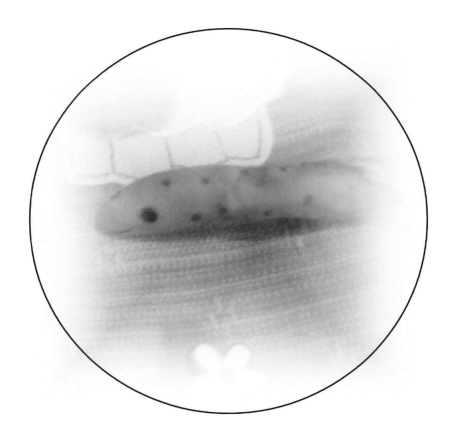

<u>Pour en savoir plus :</u>

Le lapin angora français est traditionnellement albinos, donc blanc. Par croisement il existe depuis peu le lapin angora noir, mais on peut voir apparaître dans une portée de lapereaux encore d'autres coloris !
L'angora fait partie des quatre fibres textiles nobles avec le cashmere, le mohair et l'alpaga.
Le poil du lapin angora est récolté tous les trois mois, lors de la mue naturelle du lapin et il peut être filé immédiatement, car il est naturellement propre et non gras.
La fibre du lapin angora est longue et sa douceur, sa légèreté et sa pureté sont reconnues comme étant les meilleures au monde.

****

Nathalie Willem, l'auteur de cet album, est aussi fileuse de laine angora.
Elle prélève avec respect les poils de ses lapins puis les file amoureusement et patiemment au rouet traditionnel pour en faire des pelotes de laine…

afin de donner, elle aussi, un peu de soi aux autres…

Toute une histoire...

...d' amour ...

Vente de laine 100% angora

03.88.90.23.58